La dame du manoir de Wildfell Hall

Anne Brontë

lePetitLittéraire.fr

Analyse de l'œuvre

Par Honor Vincent

La dame du manoir de Wildfell Hall

Anne Brontë

Rendez-vous sur lepetitlitteraire.fr et découvrez :

Plus de 1200 analyses
Claires et synthétiques
Téléchargeables en 30 secondes
À imprimer chez soi

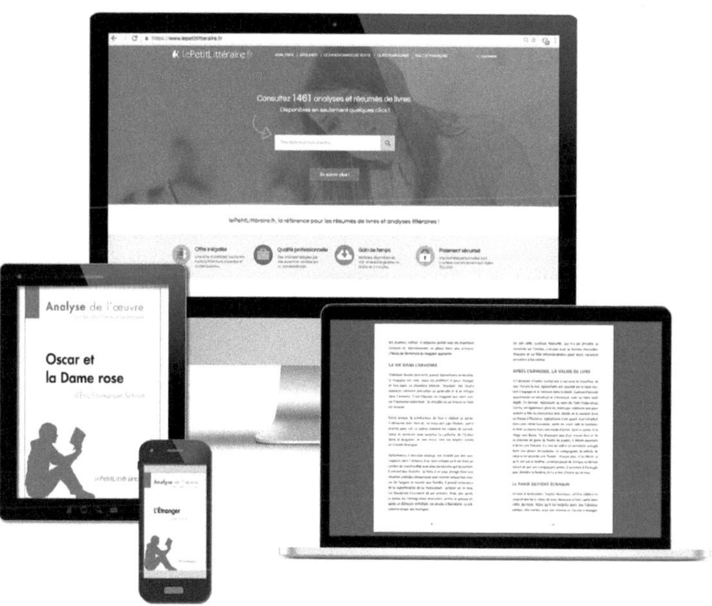

ANNE BRONTË

POÈTE ET ROMANCIÈRE ANGLAISE

- **Née dans le Yorkshire, en Angleterre, en 1820.**
- **Décédée dans le Yorkshire, Angleterre en 1849.**
- **Travaux notables :**
  - *Poèmes de Currer, Ellis et Acton Bell* (1846), recueil de poésie
  - *Agnes Grey* (1947), roman

Anne Brontë, qui a écrit sous le pseudonyme masculin d'Acton Bell, est peut-être la moins connue des trois sœurs Brontë. Elle a grandi et est restée pendant une grande partie de sa vie dans sa paroisse natale de Haworth, dans le Yorkshire. Le cadre de son deuxième roman, *The Tenant of Wildfell Hall* (1848), reflète cette éducation dans la lande. Comme ses sœurs Charlotte Brontë (romancière et poétesse anglaise, 1816-55) et Emily Brontë (romancière et poétesse anglaise, 1818-48), Anne a travaillé comme gouvernante tout au long de sa vie, et son expérience à Blake House lorsqu'elle avait 19 ans a été la principale source d'inspiration de son premier roman, *Agnes Grey*. Elle a également travaillé pendant trois ans à Thorp Green, où elle a également obtenu un poste pour son frère Branwell. Les raisons qui l'ont poussée à quitter ce poste ne sont pas documentées, mais il est probable qu'elles sont liées à sa découverte de la liaison de son frère avec la femme de son employeur. Le comportement de Branwell et son alcoolisme ont été des sources de conflits pour toutes les sœurs tout au long de leur vie. Les romans d'Anne Brontë ont été bien accueillis et ont tous deux rencontré un succès commercial. En effet, son deuxième roman, *The Tenant of Wildfell Hall,* était épuisé dès la sixième semaine. Cependant, ce livre a également été considéré comme un ouvrage scandaleux. Sa description sans fard de l'alcoolisme et de la promiscuité et de leurs effets choquait le public victorien. C'était tellement le cas que, malgré son succès commercial, Charlotte, la sœur d'Anne, a refusé de republier le livre après la mort d'Anne. Anne contracta la tuberculose peu après la publication de *The Tenant of Wildfell Hall,* et mourut en 1849 à l'âge de 29 ans.

LA DAME DU MANOIR DE WILDFELL HALL

UNE DESCRIPTION DE LA DÉBAUCHE DANS UNE HISTOIRE DE ROMANCE

- **Genre :** Roman
- **Édition de référence :** Brontë, A. (1996) *The Tenant of Wildfell Hall*. Hertfordshire : Wordsworth.
- **1ère édition :** 1848
- **Thèmes :** réalisme, alcoolisme, mariage, amour, loyauté, devoir, médisance, réputation.

Niché entre les lettres à tendance romantique du capricieux Gilbert Markham, *La dame du manoir de Wildfell Hall* dépeint les conséquences désastreuses de l'alcoolisme et de la débauche. Le roman dépeint, avec une honnêteté brutale, la cruauté et les difficultés rencontrées par Helen Graham et son fils Arthur aux mains de son mari alcoolique et infidèle, Arthur Huntingdon. Son malheur, d'abord parce qu'elle est piégée dans son mariage, puis à cause de la calomnie, présente une image du manque de pouvoir des femmes dans la société victorienne.

RÉSUMÉ

L'ARRIVÉE D'UNE MYSTÉRIEUSE VEUVE

La première partie du roman est racontée par le fermier Gilbert Markham. Gilbert raconte, dans une série de lettres adressées à son ami Jack Halford, l'arrivée de la veuve Helen Graham et de son jeune fils Arthur dans le Wildfell Hall, depuis longtemps vide. On parle beaucoup en ville de cette étrange veuve, qui ne semble pas chercher d'amis ni accueillir de compagnie. Gilbert établit un contact visuel avec Mrs Graham à l'église et est provoqué par la combinaison de sa beauté et de son «caractère pas très doux ou aimable» (p. 7), remarquant fièrement que «je préférerais vous admirer de cette distance, belle dame, plutôt que d'être le partenaire de votre maison» (*ibid.*). Les deux se croisent à nouveau lorsque Gilbert aide le petit Arthur à descendre après qu'il se soit accroché à une branche en essayant de saluer le chien de Gilbert. Helen (toujours Mme Graham pour Gilbert) est d'abord glaciale mais s'adoucit brièvement lorsqu'elle apprend que Gilbert aidait son fils et ne lui faisait pas de mal. Gilbert est encore plus intrigué lorsque Helen vient dîner à la ferme de Linden-Car. Gilbert et Helen se chamaillent au sujet de la scolarité d'Arthur, Gilbert soutenant qu'Helen devrait envoyer le garçon à l'école.

L'intérêt de Gilbert pour Helen ne cesse de croître, au grand dam de son admiratrice Eliza Millward. Il découvre qu'elle gagne sa vie en réalisant et en vendant des peintures. En remarquant des noms de lieux et des initiales fictifs sur une peinture représentant un paysage local, l'intérêt de Gilbert est piqué au vif. Pendant ce temps, Eliza devient de plus en plus jalouse, et se joint à son amie Jane Wilson pour encourager les rumeurs sur Helen. La rumeur se répand qu'il y a une certaine romance entre Helen et le propriétaire de Wildfell Hall, Frederick Lawrence (qui est, sans aucune coïncidence, l'intérêt amoureux de la faiseuse de rumeurs Jane). Malgré le fait qu'elle rejette ses avances, Gilbert continue de croire en l'innocence d'Helen et propose le mariage entre les deux. Helen dit à nouveau qu'elle doit refuser, mais lui promet qu'elle s'expliquera le lendemain. Cependant, avant cette rencontre, Gilbert l'aperçoit marchant bras dessus bras dessous dans son jardin avec Frederick Lawrence et en conclut que les rumeurs doivent être vraies. Il prend ses distances avec la veuve et fait descendre Frederick de son cheval la prochaine fois que les deux hommes se rencontrent. Enfin, apprenant combien Helen est malheureuse, Gilbert se rend à Wildfell Hall et la confronte. Pour s'expliquer, elle lui donne ses journaux intimes.

JOURNAL INTIME D'HELEN : UN MARIAGE HORRIBLE

La partie suivante du roman est constituée des entrées du journal d'Helen. Celles-ci commencent en 1821, sept ans plus tôt, alors qu'Helen n'a que 18 ans. Elle décrit sa rencontre avec le beau et charismatique mais décadent Arthur Huntingdon. Tout au long de leur cour, Arthur fait preuve d'un comportement de plus en plus enfantin, fouillant dans ses dessins sans son consentement pour en trouver un de lui, et flirtant avec Annabella Wilmot alors qu'elle est bouleversée et froide. Malgré cela et les sévères mises en garde de sa tante, elle accepte d'épouser Arthur, croyant qu'elle pourrait être son salut et déclarant à sa tante que « sa femme défaisait ce que sa mère a fait ! » (P. 128).

Cependant, lorsque les deux hommes sont mariés, les choses ne font qu'empirer. Helen s'inquiète des histoires de beuverie d'Arthur et de sa cruauté envers son ami Lord Lowborough, qui tente de rester sobre pour sa future épouse Annabella, et Arthur semble se désintéresser de sa femme, lui disant qu'elle est trop pieuse. Après une dispute à propos de l'histoire raillée d'Arthur concernant une « intrigue avec Lady F- » (p. 152), les deux se réconcilient et se rendent à Londres. Cependant, on demande bientôt à Helen de partir pour qu'Arthur puisse travailler, et lorsqu'il revient au manoir de Grassdale trois mois plus tard, il est évident qu'il n'a pas travaillé mais qu'il a bu et s'est amusé.

Helen donne bientôt naissance à un fils, qui porte le nom de son père, et son mari devient rapidement jaloux du petit Arthur. La situation ne cesse de se détériorer : L'alcoolisme d'Arthur s'aggrave et son intérêt pour sa femme diminue. Pendant ce temps, les avances de son ami Walter Hargrave à Helen s'intensifient, au grand dam de cette dernière. Après trois ans de mariage, à l'instigation de Hargrave, Helen apprend la liaison d'Arthur avec Annabella. Elle le confronte immédiatement et exige qu'on lui permette de partir avec son fils et la fortune qui lui reste. Arthur refuse de la laisser partir, avec ou sans l'argent, de peur d'être « la vedette du pays, à cause de tes caprices fastidieux » (p. 219). Avec le stoïcisme qui la caractérise, Helen répond : « alors je dois rester ici, pour être haïe et méprisée. Mais désormais, nous ne sommes mari et femme que de nom » (*ibid.*). Cette nuit-là, elle l'enferme à l'extérieur de sa chambre.

Déprimée et résignée, Helen continue comme avant. Elle accepte de ne rien dire au mari d'Annabella, et poursuit son mariage amer et sans amour. Le temps passe. Un an plus tard, elle écrit : « Je suis fatiguée de cette vie » (p. 233), mais elle ne laissera pas son fils « seul dans ce monde sombre et méchant » (*ibid.*). Helen s'inquiète de la dépendance de son fils envers son père indulgent et des avances persistantes et importunes de Walter Hargrave. Une autre année passe et, cinq ans après le début de la liaison, Lord Lowborough a vent de l'infidélité de sa femme. Il confronte Helen à ce qu'elle sait, et elle révèle que son calme actuel est dû à une distanciation croissante et à une aliénation des événements désolants de sa vie.

Les choses atteignent cependant un point de rupture lorsqu'Arthur et ses amis commencent à apprendre au petit Arthur « à boire du vin comme papa, à jurer comme M. Hattersley, à faire ce qu'il veut comme un homme et à envoyer maman au diable lorsqu'elle essaie de l'en empêcher » (p. 249). Helen décide de partir, prévoyant de gagner de l'argent en vendant ses peintures. Arthur découvre le plan, cependant, en lisant sa résolution dans ses journaux intimes. Il se venge en coupant ses sources d'argent et en brûlant son matériel de peinture.

Cependant, lorsqu'elle apprend qu'une nouvelle amante, Mlle Myers, a obtenu un poste de gouvernante du petit Arthur, c'est la goutte d'eau qui fait déborder le vase. Le lendemain matin, Helen s'enfuit avec son fils et sa servante dévouée Rachel vers une maison vide appartenant à son frère Frederick Lawrence, Wildfell Hall.

UN RETOUR À GRASSDALE

Ici, notre narration revient à la voix et aux lettres de Gilbert Markham. Après avoir lu les entrées du journal d'Helen, Gilbert retourne à Wildfell Hall avec « honte et remords » (p. 286). Helen demande qu'ils ne se voient plus jamais. Malgré ses protestations d'abord dramatiques, il accepte amèrement, et ils se séparent. Deux mois plus tard, Gilbert apprend qu'Helen est retournée auprès de son mari, qui est maintenant gravement malade. Malgré ses tentatives d'aide, Arthur s'est traîné vers la mort à cause de son alcoolisme incessant, et il meurt bientôt.

Une autre année passe. Avec une joie non dissimulée, Eliza annonce à Gilbert qu'Helen va se marier avec Walter Hargrave. Sous le choc, Gilbert se rend au mariage. À sa grande surprise, les deux personnes qu'il trouve à marier sont Frederick Lawrence et Esther Hargrave. Ce soulagement l'incite à rendre visite à Helen à Grassdale. En chemin, cependant, il est frappé par la réalisation de la richesse d'Helen par rapport à lui, et s'arrête dans son élan. Il décide de ne pas la voir, convaincu qu'avec sa fortune, elle n'épousera jamais un fermier comme lui. Pourtant, par hasard, il croise Helen sur la route. Visiblement joyeuse, Helen l'invite dans son domaine.

Il devient évident qu'elle préfère se marier par amour plutôt que pour l'argent, et les deux se marient bientôt. Le roman se termine avec Gilbert exprimant sa joie à l'approche de la visite de Jack, disant à son ami combien le couple est « heureux » et « béni » (p. 356).

ÉTUDE DE CARACTÈRE

HELEN GRAHAM

L'intérêt amoureux de Gilbert Markham, et le narrateur de la plus grande partie centrale du livre, Helen Graham est la principale protagoniste du roman. Elle arrive à Wildfell Hall en tant que veuve mystérieuse, mais il s'avère plus tard qu'elle est l'épouse malheureuse du dissolu Arthur Huntingdon. Pour Gilbert, Helen est séduisante mais « sans originalité », mais « il y avait quelque chose dans [son visage] qui, une fois vu, m'invitait à le regarder encore » (p. 7). En raison de sa peur d'être découverte par son mari, elle est d'abord considérée comme froide et inamicale. Cependant, nous apprenons dans sa partie du récit que sa méfiance envers les autres est née des années de mauvais traitements infligés par son mari Arthur Huntingdon. Au début de son récit, lorsqu'elle a 18 ans, elle est naïve et pleine d'espoir. Elle dit qu'en dépit de la mauvaise conduite d'Arthur, elle espère qu'en l'épousant « sa femme défaire ce que sa mère a fait » (p. 128). Les années passées avec Arthur, alcoolique et adultère, la privent cependant de cet espoir. Son mariage la rend par degrés de plus en plus résignés. Contre sa nature, elle apprend à être, selon ses propres termes, « calme [...] à force de dures leçons et d'efforts répétés » (p. 246).

En raison de ses demandes de divorce, de son refus de continuer à coucher avec son mari et de sa détermination à se protéger et à protéger son fils de son père tyrannique, Helen a souvent été considérée comme un symbole du proto-féminisme. Bien que ces éléments soient loin d'être sans importance, il est important de noter que le stoïcisme d'Helen est, comme le droit d'Arthur, un symptôme de la politique de genre de l'époque. Avant la *loi sur les biens des femmes mariées* de 1870, les femmes mariées n'avaient pas d'existence indépendante ni de biens distincts de ceux de leur mari, et il était donc illégal pour une femme de demander le divorce. De même, une femme qui refuse des rapports sexuels à son mari est considérée comme illégale. Cependant, la conviction initiale d'Helen qu'elle peut réparer Arthur, puis sa résignation et son endurance, découlent d'une vision très conventionnelle du devoir et de la faute. Elle écrit, en apprenant l'infidélité de son mari, « Je ne voulais pas de confidente dans ma détresse. Je ne le méritais pas, et je n'en voulais pas. J'avais pris le fardeau sur moi ; laissez-moi le porter seule. » (p. 218). Plus tard, elle insiste aussi sur sa propre culpabilité en disant à Gilbert : « Comme d'habitude, j'ai récolté les fruits amers de ma propre erreur, – et je dois les récolter jusqu'à la fin » (p. 287).

GILBERT MARKHAM

Gilbert Markham est le principal narrateur de *The Tenant of Wildfell Hall*. Le Roman est entièrement constitué de ses lettres à son ami Jack Halford, dans lesquelles il lui raconte les événements, avec les journaux reproduits d'Helen Graham pris en sandwich dans son récit. Par profession, il est un « gentleman farmer » (p. 2) à Linden-Car Farm, comme son père. Il raconte qu'il avait le talent et l'ambition de « viser plus haut » mais qu'il a accepté « d'enterrer mon talent dans la terre » (*ibid.*) pour se conformer aux souhaits de son père. Gilbert est un personnage apprécié et aimable. Au début du roman, il fait la cour à Eliza Millward, une femme douce et de bonne humeur, mais son intérêt se porte peu à peu sur la mystérieuse nouvelLa dame du manoir de Wildfell Hall, Helen Graham.

Malgré son affabilité, les limites de Gilbert Markham en tant que personnage – en particulier sa vanité et son égocentrisme – sont apparentes tout au long de sa narration. Il est révélateur que, lors de sa première rencontre avec Helen, il remarque : « Elle me prend pour un chiot impudent [...] Humph ! – elle changera d'avis d'ici peu si je le juge utile ». (Pp. 7-8). Cette réponse – qu'il pourrait faire en sorte qu'Helen l'aime s'il le voulait – ne fait que prouver l'accusation d'impudence et de vanité qu'il dédaignait. Il est certain que nombre de ses attitudes avant la lecture du journal d'Helen peuvent être considérées comme un symptôme de l'approbation par la société du privilège masculin. Sa préférence précoce pour Eliza, qui « se réjouit de me voir près d'elle » (p. 24), et son aversion pour les opinions tranchées et le manque d'amabilité d'Helen reflètent à la fois sa vanité et les notions victoriennes selon lesquelles le rôle d'une femme est de plaire aux hommes. Après avoir lu les lettres d'Helen, il parle de sa « honte et de son profond remords quant à ma propre conduite » (p. 286), et les lettres sont certainement instructives. Pourtant, il ne parvient toujours pas à écouter ses souhaits. Pour commencer, il rejette catégoriquement sa demande de partir, affirmant qu'il ne peut pas le faire parce que « c'est une question de vie ou de mort ! (p. 288). Il est peut-être significatif, alors, que la fin conventionnelle du mariage soit vue de son point de vue souvent simpliste.

ARTHUR HUNTINGDON

Arthur Huntingdon est le mari débauché et adultère d'Helen Graham. La première fois que nous rencontrons Arthur dans le livre, c'est avec l'avertissement de la tante d'Helen qui a entendu l'oncle d'Helen dire de lui : « C'est un bon garçon, ce jeune Huntingdon, mais un peu sauvage, je crois » (p. 98). C'est la première impression qu'Helen a de Huntingdon : un jeune homme séduisant et charmant avec une légère insouciance attribuée à la jeunesse. Nous tenons peut-être plus compte qu'elle des avertissements de sa tante, qui insiste naïvement sur le fait que « M. Huntingdon est un homme bien meilleur que vous ne le pensez » (p. 100). Cependant, l'insouciance de la jeunesse d'Arthur se révèle être construite sur une base de vanité et de droit. Après avoir nargué Helen en flirtant avec Annabella Wilmot, il lui annonce : « Je vais épargner votre orgueil de femme, et, interprétant votre silence comme un "oui", je considérerai comme acquis que j'étais le sujet de vos pensées » (p. 122). Cette impudence va plus loin que le droit conventionnel des hommes de l'époque victorienne, et nous pouvons déjà entrevoir la cruauté d'Arthur.

Au fil des entrées du journal d'Helen, le comportement d'Arthur devient de plus en plus sauvage. S'étant lassé de sa femme, qu'il juge «trop religieuse» (p. 148), il part avec ses amis pour de longs voyages décadents et alcoolisés. Même Helen doit admettre qu'«Arthur est égoïste» (p. 147). Au fur et à mesure que son alcoolisme progresse, il ne pense de plus en plus qu'à lui-même et devient de moins en moins patient face à toute tentative d'entraver ses projets. Il déclare à Helen: «Je ne me laisserai pas dicter ma conduite par une femme, même si c'est la mienne» (p. 171), et menace sa femme enceinte en disant: «Si ce n'était de ta situation, Helen, je ne m'y soumettrais pas si facilement» (*ibid.*). Lorsqu'Helen apprend sa liaison et demande à partir, il refuse, disant qu'il ne sera pas «le sujet de conversation du pays, pour tes caprices fastidieux» (p. 219). Après quatre ans de mariage, Helen écrit que, malgré sa tristesse et son désespoir, «ce père [...] n'a aucun poids de tristesse sur l'esprit – il n'est troublé par aucune crainte, aucun scrupule, concernant le bien-être futur de son fils» (p. 233). En effet, nous apprenons plus tard qu'il exalte la boisson et les jurons avec son jeune fils. Le niveau de son manque de respect conduit Helen à fuir finalement Grassdale.

Au seuil de la mort, provoquée prématurément par sa consommation d'alcool, Arthur est soudain terrifié par son destin. Il supplie Helen de rester avec lui, car «il semble que le mal ne puisse m'atteindre tant que tu es là» (p. 324). Cependant, bien que cette phrase laisse entendre qu'il apprécie sa femme, elle ne fait en fait que trahir sa peur – comme s'il utilisait Helen comme un bouclier humain contre le jugement de la mort. De même, le tourment qu'il semble éprouver à l'égard de ses actions passées est dû à la peur et non à un réel remords. Comme il le déplore, «Je ne peux pas me repentir, je ne fais que craindre» (*ibid.*).

ANALYSE

FÉMINISME

En 1913, pendant le mouvement pour le droit de vote des femmes, May Sinclair a déclaré que le claquement de la porte de la chambre d'Helen contre son mari a résonné dans toute l'Angleterre victorienne. *La dame du manoir de Wildfell Hall* a été présenté comme un texte féministe par plusieurs critiques. Il est certain que la demande initiale de divorce d'Helen et son refus d'être « ridiculisée par l'enveloppe vide des tendresses conjugales » (p. 219) en laissant Arthur entrer dans sa chambre sont des réponses audacieuses compte tenu des lois de l'époque. Ce n'est qu'avec le *Married Women's Property Act de* 1870 que les femmes mariées ont obtenu un droit légal à une existence indépendante ou à des biens distincts de ceux de leur mari. À l'époque où le livre a été écrit, il était donc illégal pour une femme d'intenter une action en divorce. De même, une femme refusant des rapports sexuels à son mari était considérée comme illégale.

Tout au long du Roman, l'idéologie misogyne victorienne conventionnelle nous est présentée. Arthur présente une hypocrisie explicitement genrée lorsqu'il affirme que pour les femmes et les hommes, « les cas sont différents » (p. 172). Il dit à Helen qu'il ne se « soumettra pas [...] docilement » (p. 171) à quiconque « me harcèle, me menace et m'accuse » (*ibid.*), et indépendamment de son propre comportement, il pense que c'est « la nature d'une femme d'être constante – d'en aimer un et un seul, aveuglément, tendrement et pour toujours » (p. 172). De même, le choc et la consternation de Gilbert Markham devant le « mépris tranquille » initial d'Helen (p. 7) et son incapacité à consentir à ses souhaits de séparation, affirmant : « Ce n'est pas une question de simple convenance avec moi ; c'est une question de vie ou de mort ! (p. 288), trahit une attitude de droit qui n'est pas si différente de celle d'Arthur. Anne Brontë n'a de cesse de dénoncer ce genre d'attitudes sexistes conventionnelles et leurs effets désastreux.

Cependant, il faut peut-être se demander dans quelle mesure les actions d'Helen doivent être considérées comme (proto-)féministes. Il ne faut certainement pas sous-estimer l'audace avec laquelle elle a échappé à son mari. À l'époque de la rédaction de l'ouvrage, cette fuite était perçue comme scandaleuse. Cependant, la conviction initiale d'Helen qu'il est de son devoir d'améliorer Arthur, et que « sa femme doit défaire ce que sa mère a fait ! (p. 128), est un symptôme du même type de droit masculin. De même, l'auto-accusation d'Helen et son remariage ultérieur avec Gilbert Markham démontrent peut-être les limites de l'intention de son personnage de critiquer les rôles sexuels du XVIIIe siècle. Bien entendu, la mesure dans laquelle Anne Brontë adhère aux vues d'Helen est également sujette à débat. Néanmoins, le roman témoigne d'un engagement riche et nuancé dans la critique du genre, qui ne devrait pas être aplati dans un sens ou dans l'autre.

LE RÉALISME ET LE ROMAN ÉPISTOLAIRE

La dame du manoir de Wildfell Hall est un roman épistolaire (un roman en lettres) composé d'une série de lettres du fermier Gilbert Markham à son ami Jack Halford, avec les journaux intimes d'Helen Graham inclus dans ces lettres. Cette forme même est profondément ancrée dans la notion de réalisme. Le roman épistolaire était en vogue au XVIIIe siècle, notamment dans les écrits de Samuel Richardson (auteur anglais, 1689-1761) et de ses immensément populaires *Pamela* (1740) et *Clarissa* (1749). Le développement de la forme épistolaire est intimement lié à celui du roman lui-même, Richardson et Henry Fielding (auteur anglais, 1707-1754) étant considéré comme les premiers pionniers du roman. Les premiers romans étaient le plus souvent présentés comme des « histoires », dont la véracité était soulignée. Le roman épistolaire présentait son récit dans les objets trouvés de « vraies » lettres afin d'encourager cette conception.

Le réalisme littéraire a connu une renaissance au milieu du XIXe siècle, s'épanouissant dans les romans de George Eliot (écrivain anglais, 1819-1880) et le réalisme social d'écrivains comme Charles Dickens (écrivain anglais, 1812-1870) et Elizabeth Gaskell (écrivain anglais, 1810-1865). Le roman d'Anne Brontë s'inscrit dans cette renaissance. Dans le cas de *The Tenant of Wildfell Hall*, le réalisme du mariage d'Helen avec Arthur Huntingdon est quelque chose d'incroyablement grave et scandaleux à dépeindre. En effet, Charlotte Brontë, la sœur d'Anne, a estimé qu'il s'agissait d'une représentation trop brutale pour être publiée. Charlotte justifie ainsi sa décision : « Elle avait, au cours de sa vie, été amenée à contempler de près, et pendant longtemps, les effets terribles des talents mal utilisés et des facultés abusées [...] Elle a ruminé la question jusqu'à ce qu'elle croie qu'il était de son devoir de reproduire chaque détail (bien sûr, avec des personnages, des incidents et des situations fictifs), comme un avertissement pour les autres » (cité dans Andrews, 1965 : 27). Pourtant, Anne voit les choses plus simplement : dans sa préface à la deuxième édition, elle écrit : « Quand nous avons à faire avec le vice et les personnages vicieux, je maintiens qu'il vaut mieux les dépeindre tels qu'ils sont réellement que tels qu'ils voudraient apparaître » (in Barker, 2016).

ENCADREMENT

La dame du manoir de Wildfell Hall n'est pas seulement un roman épistolaire, mais aussi un roman qui présente l'encadrement d'une voix par une autre. Le récit du journal d'Helen est pris en sandwich entre les récits des lettres de Gilbert. Dans le contexte de la description de la vie des femmes au XIXe siècle, l'aspect sexué de cette situation est crucial : nous sommes confrontés à une voix de femme étouffée par une voix d'homme. Plus qu'une simple place à l'intérieur, le récit d'Helen est édité et contrôlé par Gilbert, qui façonne et diffuse sa voix. Gilbert admet avoir supprimé « quelques passages ici et là d'un intérêt purement temporel pour l'écrivain, ou qui serviraient à encombrer l'histoire plutôt qu'à l'élucider » (p. 93). Comme le souligne N. M. Jacobs, il est significatif que « nous ne nous approchions d'une horrible réalité privée qu'après avoir traversé et ensuite écarté les structures perceptives d'un narrateur – et plus particulièrement d'un narrateur masculin » (1986 : 204). Jacobs suggère que cela est représentatif d'une « réalité domestique... obscurcie par des couches d'idéologie conventionnelle » (*ibid.*). Le cadrage nous invite à remettre en question la présence de l'idéologie conventionnelle dans tous les aspects de la narration.

De plus, comme nous l'avons vu, les limites de Gilbert Markham en tant que personnage, à savoir sa vanité et son égocentrisme, sont apparentes tout au long de sa narration. Il est donc significatif, non seulement que l'ensemble du roman soit déformé par sa lentille, mais aussi que la fin conventionnelle soit vue de son point de vue, qui est souvent simpliste. Nombre de ses attitudes avant la lecture du journal d'Helen peuvent être considérées comme un symptôme de l'approbation par la société du privilège masculin. Ses réactions dramatiques lorsqu'il n'obtient pas ce qu'il veut et son aversion pour les opinions tranchées et le manque d'amabilité d'Helen reflètent son égocentrisme et les notions victoriennes selon lesquelles le rôle d'une femme est de plaire aux hommes. La profondeur comparative de la compréhension et de l'observation avec laquelle Helen écrit dans la section centrale du journal intime du roman mine encore plus Gilbert en tant que voix de la rationalité. Comme le propose Sarah Hallenbeck, « la lettre-cadre est subversive parce qu'elle sape l'apparente approbation par Brontë de la fin conventionnelle du mariage » (2005). Le cadre amène le lecteur à réfléchir de manière critique au point de vue d'Anne Brontë et à la mesure dans laquelle elle soutient pleinement la fin romantique du roman.

POURSUITE DE LA RÉFLEXION

QUELQUES QUESTIONS À MÉDITER...

- Dans quelle mesure devons-nous considérer ce roman comme un roman féministe ?
- Pourquoi ce roman a-t-il pu être considéré comme scandaleux lors de sa première publication ?
- Pourquoi Charlotte Brontë a-t-elle refusé de republier le roman après la mort d'Anne ?
- Quelle image le roman donne-t-il du rôle des femmes dans la société anglaise du XIXe siècle ([th]) ?
- Anne Brontë critique-t-elle les lois sur le mariage à cette époque ? Expliquez votre réponse.
- Ce roman est-il politique ? Pourquoi, ou pourquoi pas ?
- Comment l'alcoolisme est-il dépeint dans le roman ? Comment cela reflète-t-il la consommation d'alcool de Branwell Brontë ?
- Quelle est la fonction et l'effet des dispositifs de cadrage du roman ?
- Faites-vous confiance à la narration de Gilbert Markham ?
- La fin du roman est-elle satisfaisante ? Doit-on s'y fier ?

AUTRES LECTURES

ÉDITION DE RÉFÉRENCE

- Brontë, A. (1996) *The Tenant of Wildfell Hall*. Hertfordshire: Wordsworth.

ÉTUDES DE RÉFÉRENCE

- Andrews, L. (1965) A Challenge by Anne Bronte. *Brontë Society Transactions*, 14:5, 25-30.
- Barker, J. (2016) *The Brontës: Une vie en lettres*. Londres: Little, Brown. [En ligne]. [Consulté le 14 octobre 2018]. Disponible sur: < https://books.google.co.uk/books?id=rLoCCwAAQBAJ&printsec=frontcover#v=onepage&q&f=false>
- Hallenbeck, S. (2005) How To Be A Gentleman Without Really Trying: Gilbert Markham dans *The Tenant of Wildfell Hall. Nineteenth-Century Gender Studies*, 1. [En ligne]. [Consulté le 15 octobre 2018]. Disponible sur: < https://www.ncgsjournal.com/issue1/gilbert.htm>
- Jacobs, N. M. (1986) Gender and Layered Narrative in *Wuthering Heights* and *The Tenant of Wildfell Hall. The Journal of Narrative Technique*, 16:3, 204-19.
- Jackson, A. M. (1982) The Question of Credibility in Anne Brontë's *The Tenant of Wildfell Hall. English Studies*, 63:3, 198-206.
- Les éditeurs de l'Encyclopædia Britannica (2018) Anne Brontë. *Encyclopædia Britannica*. [En ligne]. [Consulté le 14 octobre 2018]. Disponible sur < https://www.britannica.com/biography/Anne-Bronte>

Votre avis nous intéresse !
Laissez un commentaire sur le site de votre librairie en ligne
et partagez vos coups de cœur sur les réseaux sociaux !

lePetitLittéraire.fr

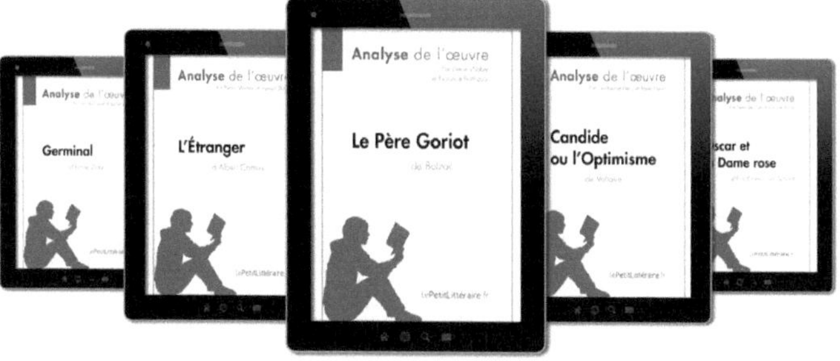

- des analyses de livres
- des fiches de lectures
- des commentaires littéraires
- des questionnaires de lecture
- des résumés

**Retrouvez
notre offre complète sur**
lePetitLittéraire.fr

ISBN version numérique : 9782808684545
ISBN version papier : 9782808685344
Dépôt légal : D/2023/12603/1034

Conception numérique : Primento,
le partenaire numérique des éditeurs.